Matthias San

Meer, reif & verwegen
Mar, maduro y atrevido

Gedichte – deutsch & spanisch
Poemas – alemán / español

Gewidmet allen Menschen die mir Zeit, Liebe,
Freudschaft, Aufheiterung und Inspiration schenkten.
Vielen Dank allen und insbesondere:
*Roman, Anke, Patrick, Patricia, Satya, Leyla, Tobias,
Daniel, Katrin, Heidi, Achim, Francesco, Silvia, Christina,
Tim, Tom, Frank, Hardy, Harder, Nils, Ralf, Jochen,
Anja, „meinen" Kita-Kindern, meinen Verwandten
und Eltern: Marcela und Dieter.*

Dedicado a toda la gente que me regalo tiempo,
amor, amistad, ánimo e inspiración.
Muchas gracias y especialmente:
*„Hermano" Roman y su Rio, José F. A. Oliver, Claudia, Rafaela,
la gente de la costa, natura y cultura, los cineastas, músicos,
pintores y poetas por su visiones, todas las Rosas, los amores
de mi vida, „mis" niños del kinder, Loreto, María José, Josefa,
Isidora, Cona, Jorge, Felipe, Tabo, mi abuelo Gustavo Greene,
toda mi familia, mamá y papá.*

I. Prolog, Annäherung
Prólogo, Acercamiento

Annäherung 1

Gedicht im Nebel, Sichtung ist diffus.

Gedanken im Wind, Notizen im Buch.
Sichtung ist konfus.

Dichtung über das Meer,
verschlagene Wellen, ertrunkene Menschen,
betroffene Wolken, verwegene Wege

& ein Klima, das beschämt
und sich weiter und über die Poesie hinaus verdichtet.

Acercamiento 1

Poesía en la niebla, avistamiento es difuso.

Pensamientos en el viento, notas en un cuaderno,
avistamiento es confuso.

Poesía sobre el mar,
olas astutas, personas ahogadas,
nubes afectadas, caminos atrevidos

y un clima que sigue abochornado
en seguida y más allá de la poesía.

Annäherung 2

Was hält dich?
Was ist dein Anker?
Und wie lange
und wie locker
ist deine Kette?

Acercamiento 2

¿Qué te sujeta?
¿Qué es tu ancla?
¿y qué tan larga
y suelta
está tu cadena?

Annäherung 3

Ameisen transportieren
Trauben von menschlichen Träumen.

Im Gras gedeiht ein Aufstand,
dem wir nicht gewachsen sind

und jeden Abend frage ich mich,
ob ich der Realität entwachsen bin.

Acercamiento 3

Hormigas transportan
uvas de sueños humanos.

En el pasto prospera un levantamiento
que va a terminar como lucha en el cielo

y cada tarde me pregunto
si estoy creciendo fuera de la realidad.

Annäherung 4

Dichtung im Angesicht, Verdichtung zum Gedicht.

Besichtigung der Gedanken, Kahlschlag der Sorgen
neben der kranken Waldlichtung.

Die einzelnen Bäume sind aber nicht
die unheilbar Kranken.
Es ist die Gemeinschaft, die krank ist.

Das Gemeine in der Gemeinschaft.
Das Gesellige in der Gesellschaft.
Das Soziale im Sozialstaat.
Gemeinsam werden wir wieder gesund.

Acercamiento 4

Poesía en el rostro, concentrado en el poema.

Limpieza de pensamientos, corto de preocupaciones
al lado de un calvero del bosque enfermo.

Pero los árboles individuales
no son los enfermos incurables,
es la comunidad la que está enferma.

El común en la comunidad.
El compartir en la compañia.
El social en la sociedad.
Juntos nos podemos sanar de nuevo.

Annäherung 5

Nicht die Dichter sind gefährlich,
sondern die, die keine Dichtung kennen.

Nicht die Sozialisten sind gefährlich,
sondern die, die den Sozialismus verkennen.

Nicht der Kapitalismus ist die Krankheit,
sondern die, die mit Kapital falsch operieren.

Nicht die Kunst ist pervertiert,
sondern die, die sie missbrauchen.

Nicht die Dichtung ist viel wert,
sondern die, die darin Werte erkennen.

Acercamiento 5

No son los poetas que son peligrosos,
sino la gente que no conoce poesía.

No son los socialistas que son peligrosos,
sino la gente que malinterpreta.

No es el capitalismo que es la enfermedad,
sino los que están operando mal con capital.

No es el arte lo que está pervertido,
sino los que lo abusan.

No es la poesía que tiene el gran valor,
sino los que reconocen dentro de ella valores.

Annäherung 6

Gedichte sind Weltflucht
mit und ohne Weltschmerz.

Gedichte sind Katzengejammer
von romantischen Hunden.

Gedichte sind bolañoeskes Erinnern
mit vor Liebe verzücktem Wimmern.

Gedichte sind eine einsame Bucht
mit kafkaesker Ozonstrahlung.

Gedichte sind eine reife Frucht,
die aufschlägt mit voller Wucht.

Gedichte sind die untergehende Sehnsucht
nach einem einfachen Sinn.

Gedichte sind ein borgesianisches Abenteuer
durch grenzenlose Labyrinthe.

Gedichte sind eine wahnhafte Wahrheit
über die Flüge der Lebenslügen.

Gedichte sind das Wasser gegen die äußere Hölle
und eine treue Glut im Innern.

Poesie wird sein
die Inschrift auf meinem Grab.

Acercamiento 6

Poesía es un escape
sin o con dolor mundial.

Poesía es lloriqueo de gatos
por perros románticos.

Poesía es recordar a Roberto Bolaño
mientras amas inmortal como un loco.

Poesía es una bahía solitaria
con radiación de ozono más fuerte que Kafka.

Poesía es una fruta madura
justo en el momento de su caída.

Poesía es el deseo de hundimiento
en un sentido simple.

Poesía es un aventura del tamaño Borges
a través de los laberintos sin fronteras.

Poesía es una verdad salvaje
sobre las mentiras de la vida.

Poesía es el agua contra el infierno exterior
y un fuego fiel para el interior.

Poesía va a ser
la inscripción en mi tumba.

Annäherung 7

Jedes Gedicht ist Licht,
das ankämpft gegen das Nichts,
ob als Kerze auf einem einsamen Tisch
oder als Laterne am Ende der Straße
oder auch als Feuerwerk in dunkler Nacht.

Jede Dichtung ist eine Annäherung
hin zum Licht,
hin zu Einsicht,
und dieses Stück Poesie verspricht
nicht mehr oder weniger als freie Sicht.

Acercamiento 7

Poesía es luz
que pelea contra la nada,
tal vez como vela en una mesa solitaria
o como una linterna al final de una calle
o quizás como fuegos artificiales en medianoche.

Poesía es acercamiento
hacia la luz,
hacia la iluminación,
y ese pedazo de poesía quiere dar
nada mas o menos que una vista libre.

Annäherung 8

Landungsbrücken raus, dieses Bild verdient Applaus ...
Kettcar

Ich könnte auch laufen, aber es regnet
und so fahre ich eine Station mit der U-Bahn
von Reeperbahn bis Landungsbrücken.

Ich kaufe ein Bahnticket für 1 Euro und 70 Cent.
Als ich ankomme, hat es aufgehört zu regnen
Und ich frage mich: In welchem Punkt bin ich
noch immer Punk?

Acercamiento 8

Salir del puerto de aterrizaje, esta imagen merece un aplauso ...
Kettcar

También podría caminar, pero está lloviendo
y así tomo el metro para solo una parada
desde Reeperbahn al puerto de aterrizaje.

El billete me cuesta 1 euro y 70 céntimos.
Cuando llego ha dejado de llover
y me pregunto: ¿Hasta qué punto sigo siendo un punk?

Dedicated with love to my little Shanghai girl

Annäherung 9

Im Wartesaal der Hoffnung
halte ich Ausschau nach Liebe,
nähere mich der Poesie,
sammle Worte
und warte
bedeutungsschwanger
auf einen Zusammenhang,
in dem sie einen größeren Sinn ergeben.

Acercamiento 9

En la sala de esperanza
soy un admirador del amor
que se acerca a la poesía,
recogiendo palabras
y así espero
embarazado con significado
por una relación
con un sentido más grande.

Annäherung 10

Sie sagt, du bist
mein Freund mit Prolog,
aber konzentriere dich
nicht zu stark darauf,
weil das nur der Anfang ist.

Acercamiento 10

Ella me dice:
Eres mi amigo con prólogo,
pero concéntrate
no tanto en eso
porque es solo el comienzo.

II. Meer
Mar

Liebe ist Übertreibung

Ich liebe wieder,
übertrieben,
aber so
muss Liebe sein.

Amor es exageración

Amo de nuevo,
exagerado,
pero así
tiene que ser amor.

Ich sehne mich, also liebe ich

Ich lebe für Sinnlichkeit
ohne Endlichkeit.
Ich erlebe die Sinnsuche
als Unendlichkeit.

In meinem Inneren
trifft der Sinn auf die Sehnsucht,
die man ohne Augen sehen kann,
aber nicht ohne deine Wucht.

Anhelo, así que amo

Vivo por sensualidad
sin fin.
Veo la búsqueda de sentido
como infinito.

En mi interior
choca el sentido con el anhelo
que puede ver sin ojos,
pero no sin tu ímpetu.

Ineinander treiben

Was hat uns zueinander getrieben?
War es die Flut oder die Ebbe, die uns verband?
War es das, was wir von außen sahen
oder das, was wir im Inneren fanden?

War es der Durst oder die Lust,
wegen der wir uns aneinander labten?
War es Mut oder Wut auf mehr,
mit der wir unsere Herzen freilegten?

War es die Weite oder die Enge,

die wir mit unserer Liebe sprengten?
Waren es unsere Seelen oder unser Wesen,
die uns erleuchtet haben?

War es das Wasser oder der Sand
im Getriebe der Einsamkeit,
aus dem unsere Sandburg entstand?

War es die See oder – oh weh –
deine durchtriebenen Augen,
die mich zu Dir trieben?

Flotar – uno dentro el otro

¿Cómo florecimos uno dentro el otro?
¿Fue la marea baja o la inundación
que nos conectó?

¿Fue lo que hemos visto por fuera
o lo que encontramos adentro?
¿Fue la sed o el deseo
que nos dejó flotar uno dentro del otro?

¿Fue el ánimo o la rabia en más
cuando exponemos nuestros corazones?
¿Fue el extenso o el estrecho
que explotamos con nuestro amor?

¿Fueron nuestras almas o nuestros seres
que nos iluminaron?
¿Fue el agua o la arena,
goteando en contra de los tiempos solitarios

con que formamos nuestro castillo de arena?
¿Fue el mar o hay
el abismo en tus ojos
porque floté en tu cascada?

Herztöne aus tiefrotem Meer

Kann man mit dem Herzen hören?
Kann man mit den Augen mitfühlen?
Mit den Lippen Liebe aufzeichnen
als Schnappschuss des Moments?
Kann man sich mit den Ohren verbohren
in das rote Geräusch von Wimpernschlägen?
Kann man an der Haut die Farbe der Sehnsucht
abmessen, bemessen, wie viel Meer
in einem schwimmt, wie viel
Sonne nicht zu hören ist, wie viel
Herztöne nicht zu verstehen sind,

wie viel Delphine nicht abzubilden,
abzuhören sind, absehbar bald sterben,
wenn wir nicht endlich klar sprechen,
aussprechen: Die Welt ist am Ertrinken!

Tonos de corazón desde un mar profundo rojo

¿Se puede oír con el corazón?
¿Se puede sentir con los ojos?
¿Se puede – con los labios – grabar amor
como una sinfonía del momento?
¿Se puede – con el oído – perforar
en el sonido rojo de pestañas?
Se puede ver en la piel qué color tiene el anhelo
y tomar la medida de cuánto mar está dentro de uno
o qué cantidad de sol no se puede escuchar
y cuántos tonos de corazón no se enseñan
o cuántos delfines no son representados,
escuchados, previsto luego muerto
si no empezamos hablar con claridad
y pronunciamos que el mundo se está ahogando!

Meerzunge

Diese Welle könnte ein Wellenbrecher sein,
so wild wie ein erster Zungenkuss
und Freud'scher Versprecher.

Dieser Weg könnte wegweisend sein,
so voller Lastwagen mit Liebe
und Altlasten aus Zungenbrechern.

Gewidmet Constanza, Gonzalo, Sebastian
und allen ihren Kindern.

En la playa boca, Concón

Esa ola podría ser rompeolas,
salvaje como un beso francés
y un lapsus freudiano.

Este camino podría ser el que nos guíe,
tan lleno de camiones de amor
y las cargas viejas de trabalenguas.

Dedicado a Constanza, Sebastian, Gonzalo
y todos sus niños.

Maßlos

Das Meer trifft mich
an meiner Achillesferse.
Ich treffe das Meer
an dem wunden Punkt
seiner runden Maßlosigkeit.

Umspült von der Unfassbarkeit
und mit einem Bein in der Gegenwart
avanciert mein Kopf zur Leuchtturmwarte,
meinen wunden Punkt entlarvend
als größenwahnsinnige Sehnsucht nach Meer.

Megalómano

El mar me agarra
en mi tendón de Aquiles.
Yo agarro el mar
en su punto flaco
que es su tamaño megalómano.

Rodeado por lo incomprensible
y con un pie en el presente,
mi cabeza avanza a ser mi faro
que expone mi punto flaco
como un megalómano anhelo de mar.

Ausziehsachen

In der Brandung
treibt Strandgut,
darunter ein Aluhut
von einem Freigeist.

Im Sand liegt ein nackter Mann
mit Sonnenbrand auf'm Pimmel,
der feuerrot rankt zum Himmel
dank geliebtem Flaschengeist.

Im Häusermeer treibt eine Frau
mit Ledermaske
die Liebe auf die Palme
im Geist des Sadomasochismus.

Überzogen ist alles,
was meinen Geist anzieht.
Verwegen zieh ich mich aus
und werfe alles in den Müll.

Naturistas

En la marea
arrojados del mar
incluso un sombrero de aluminio
de un espíritu libre.

En la arena un hombre desnudo
con quemadura en su pene.
Un rascacielos rojo de fuego
inflamado de un espíritu de botella.

Dentro de alguna casa florece una mujer
con una máscara de cuero
para ampliar el límite
del espíritu de sadomasoquismo.

Exagerado es todo
que atrea a mi espíritu.
Atrevido me desnudo
y tiro todo a la basura.

Ich sehe vermehrt das Meer in dir

Ich vermehre mich
im Blick auf dich.
Ich ernähre mich
vom Ausblick auf dich.

Ich vervielfache mich
mit Rundumblick auf dich.
Ich vereinfache mich
in deiner Einzigartigkeit,

die mir Dreifaltigkeit ist.
Ich glaube an nichts mehr
als an dich, mich und Liebe.

Am Tag, in der Nacht
und bei allen Übergängen.
Du bist für mich Seegang, Kirchgang

und vielleicht auch Untergang.

Veo más y más el mar en ti

Me amplío
mirándote.
Me alimento
adorándote.

Me multiplico
acercándome a ti.
Me simplifico
en tu singularidad

que es para mí la trinidad,
creyendo en nada más
que en ti, mí y amor.

De día, en la noche
y en todas las transiciones.
Para mí, tú eres el mar, mí iglesia

y quizás también el hundimiento.

Fruchtige Worte

Disfrutar ist keine bestimmte Frucht, sondern
die Suche und Sehnsucht, zu genießen, alles Mögliche,
von einer schönen Bucht bis die Wucht des Lebens.

Disfrutar ist mehr als Futter für den Magen, sondern
auch fürs Gehirn, dem es dabei an den Kragen geht,
weil die erdachte Angst allzu gerne unser Seele frisst.

Disfrutar ist ein Festmahl, bei dem wir Mal um Mal
den Frust gegen Lust von unseren Festplatten kopieren.

Aber muss man, um das zu kapieren, einmal und für
immer vor der fruchtigen Fleischeslust kapitulieren?

Fruchtige Wort sind manchmal schlichtweg
fruchtende Verse, die großzügig frisch spendiert
und serviert werden als Früchte des Lebens.

Abgerungen und entsprungen dem Feuerkessel
von Mutter Erde und in uns.

Meist garniert, aber nicht garantiert
mit Eiswürfeln aus Liebeskummer.

Alles in allem ist das Leben zum Dahinschmelzen,
insbesondere wenn Dinieren und Sinnieren
verschwimmen.

Palabras afrutadas

Disfrutar no es una fruta específica, sino
la búsqueda y el anhelo de disfrutar todo lo posible,
de una hermosa bahía hasta el ímpetu de la vida.

Disfrutar es más que un alimento para el estómago, es
también para el cerebro, que hay que parar,
para que no nos cague la vida con el miedo imaginario,
que le encanta comerse nuestras almas.

Disfrutar es una fiesta de discada en la que, una y otra vez,
descargamos la frustración de nuestros discos duros
para cargarlos con el placer.

Pero tiene uno para entender eso,
una vez y para siempre,
rendirse del frutoso, monstruoso y rico deseo carnal?

Las palabras afrutadas son a veces simplemente
versos fructíferos, que se dispensan generosamente
y se sirven – para servir – frescos como frutos de la vida.

Desarrollado y aprovechado del caldero de fuego
de la Madre Tierra y dentro de nosotros.

Muchas veces adornado – entre obviamente o inexistente
con cubos de hielo hechos de penas de amor.

La vida en total es un disfrute y duro es ver todo como puro,
porque de las mezclas como cenar y conversar viene la gracia.

Der Schmelz der Liebe

Ich bin der Eiswürfel,
der deine Brustwarze umstreicht.
Dir reicht sein Leben
und der versucht, dir

das Wasser zu reichen,
ohne gleich zu vergehen
als der hitzeempfindliche Eiswürfel,
der ich im Herzen manchmal bin.

Wagemutig lasse ich
die Pin zu meiner Antarktis durchsickern
in dein Feuerland,
hoffend auf die Verschmelzung

von ehemals frostigen Gedanken
hin zu einem Lagerfeuer
mit Rauchnoten aller erdenklichen
Eiscremesorten und Farben,

die gerade in mir aufblühen,
passierend mit dem Finger
die rosarote Grasnarbe
deiner bebenden Brustwarze

nach dem zischenden Aufglühen
durch das Verschmelzen mit meinem Eis
zu einem Leuchtturm
aus sinnlichem Liebesschmerz.

El esmalte de amor

Yo soy el cubo de hielo
que refrigera tu pezón.
Regalándote mi vida
queriendo ser una riqueza.

Queriendo ser rico como vino
y no derretir como agua
al contrario del cubo de hielo
que mi corazón a veces se parece.

Escondido en el líquido de mi amor
te doy el código
para mi reino antártico
para que se una con tu tierra de fuego

para formar nuestra fusión
como fogata de amor
lleno de sabores ahumados
de diferentes tipos de helados

que me llenan de emoción
mientras paso con mi dedo
el césped de tu pezón temblando
profundo como un rosario

y silbido como un gota
derretida en el fuego de tu pecho
y su torre eruptiva como volcán
lleno de amor ardiente y dolor amistoso.

III. Noch Meer?

¿Todavía mar?

Streif mich, ich bin reif für dich

Ich strauchle fast entzwei
und brauche deine Streicheleinheiten,
um wieder eine Einheit zu sein.

Ich streif mir dafür ab
die Streifen von meinem Anzug,
die grauen Schläfen und alten Wortsilben,

bis ich nur noch ein Strauch bin
und bestohlener Dieb,
der wartet, bis du ihn streifst.

Bis du ihn streichelst.
Bist du ihm zurückgibst
Liebe und Zärtlichkeit.

Tócame, soy maduro

Casi caigo en dos partes
y necesito tus abrazos
para ser de nuevo una unidad.

Buscándote dejo atrás
las insignias de mi traje,
los templos grises,

las palabras demasiado usadas
hasta que soy solo un arbusto
y un ladrón que robaron.

Esperando que tu lo toques
para que tu le devuelvas
amor y ternura.

Mein Reden, neben den Weinreben

Der Hang ist voller Weinreben.
Im Abgang denke ich an Rebellen
und wie reif die Welt doch ist
für eine neue Rebellion
oder eine neue Saat,
die aus dem alten Staat
einen Saft hervorbringt,
der alle berauscht.

Mi hablar, al lado de las viñas

El campo está lleno de uvas de vino.
En el regusto pienso en rebeldes
y qué maduro está el mundo
para una nueva rebelión
o para una nueva semilla
que convierte el estado antiguo
en un nuevo jugo
sabroso para todos.

Zu faul zum Reifen?

Wenn du Neuheiten begreifst,
dann, weil du reifst.
Wenn du Einheiten begreifst,
dann, weil du sie in dir weißt.
Wenn du dich jetzt noch befreist von der alten Unreife,
dann steht einem neuen Zeitalter
mit Benehmen aus einvernehmlicher Faulheit
und neuartiger – altersloser – ausgeglichener Reifung
nicht mal mehr im Weg:
die autobiographische Bereifung.

¿Demasiado flojo para madurar?

Si entiendes las novedades,
es porque estás madurando.
Si entiendes las unidades,
es porque las conoces en tu interior.
Si te liberas ahora de la antigua inmadurez,
te toca una nueva era – sin edad,
con pereza amable – sin vergüenza
y un tipo de madurez eterna – equilibrada
con nada intransitable en el camino, ni siquiera
para tus neumáticos autobiográficos.

Sonne und Schatten

Vielleicht ist der Schatten
die größte Nähe, die es gibt.
Also, liebe Sonnengöttin,
bedeck mich mit deinem schwarzen Haar
und deinem Körper aus Kaffee mit Milch,
damit wir ein sinnliches Gebirge werden,
in dem die Schattenseiten
unserer alles hinterfragenden Gehirne
verschmelzen.

Sol y sombra

Tal vez la sombra
es la cercanía más fuerte.
Así que amado solcito,
tápame con tu pelo oscuro,
tu cuerpo de café con leche,
para que formemos una montaña sensual
donde se unen las umbrías
de nuestros cerebros cuestionando todo.

Leergut im Meer

Ohne dich bin ich leer.
Du bist das Wasser für mein Meer.

Ohne dich bin ich Leergut.
Du bist der Ausweg aus meiner Einwegexistenz.

Ohne dich bin ich eine einfache Flasche.
Du bist das Pfandsymbol für meinen Mehrwert.

Depósito en el mar

Sin ti soy vacío.
Tu eres el agua para mi mar.

Sin ti soy basura.
Tu eres la base para no ser un desechable.

Sin ti soy simplemente una botella.
Tu eres el símbolo para mi valor como envase.

Land unter

Eine Wellenlänge bis zum Strand.
Ein Ellenbogen bis zum Rand.

Im Sommer hat man Spaß.
Im Wasser wird man nass.

Unendlich schwer ist das Meer
und doch überzeugend klar.

Ein Handschlag bis zum Vergehen.
Eine Handbreite bis zum Wiedersehen.

Im Wasser bin ich bereit zu vergeben.
An Land werden wir weitersehen.

Tierra hundida

Una longitud de onda hasta la playa.
Un codo hasta el borde.

En el verano flojeas.
En el agua te mojas.

Infinito pesado es el mar
pero también convincente claro.

Un apretón de mano hasta derretir.
Una pizca hasta la reunión.

En el agua estoy listo para remisión.
En la tierra vamos a ver.

Befangen

Ein Eimer
voll mit Meer
ragt aus dem Strand.

Darin ein Fisch
gefangen wie die Liebe
der einen entscheidenden Person.

Die einen nicht liebt,
obwohl man sie liebt
oder vielleicht, weil man sie liebt.

Mitgefangen und befangen
leere ich den Eimer
zurück ins Meer.

Auch wenn es dann heute
nichts zu essen gibt
und nur wenig zu lieben.

Apocado

Un cubo
lleno de mar
sale de la playa.

Adentro un pescado
atrapado como el amor
de la persona decisiva.

Que no ama a uno
aunque uno la ama
o quizás porque uno la ama.

Apocado y atrapado yo mismo
vacío el cubo
con destino mar.

Sea lo difícil que sea para hoy
con nada para comer
y poco para amar.

Pilgerreise

Ich bin auf der Reise
zu dem, was mir heilig ist.
Ich nenne es Liebe

und frage mich,
was die Anderen suchen
oder finden wollen?

Wir schweifen ab und legen Rechenschaft ab.
Wir reden von Gezeiten und lieben beizeiten.
Wir gleichen mehr Seesternen oder Seepferdchen?

Wir gleiten durch Luft und reiten Wellen.
Wir reichen uns Worte und bereichern Orte.
Wir gleichen mehr Hummern oder Tintenfischen?

Peregrinaje

Estoy en el viaje
hacia lo que es sagrado para mi.
Yo lo llamo amor

y me pregunto:
¿Los otros – que están buscando
o quieren encontrar?

Divagamos y nos damos cuenta.
Hablamos de las mareas y amamos a tiempo.
¿Somos más bien estrellas o caballitos de mar?

Flotamos en el aire y cabalgamos las olas.
Nos pasamos palabras y enriquecemos lugares.
¿Somos más bien locos o calamares?

IV. Ist die Liebe wie das Meer?

¿Es el amor como el mar?

Liebe weiß nicht

Liebe beißt nicht.
Liebe zerreißt nicht.
Aber Liebe frisst ständig
einen nach dem anderen auf.

Amor no sabe

Amor no muerde.
Amor no destroza.
Pero amor se come constantemente
uno después del otro.

Diktatur der Tinktur

Die Lyrics der Sängerin sind ein Fest.
Ihre Reime sind ein anti-romantisches Manifest.

Die Lyrik der Sängerin ist wie Pfefferminztee
und tiefsinniger als jedes Dekolleté.

Der Leitspruch der Sängerin
steht in schwarzer Tinte oberhalb ihrer Brüste:

Diktatur der Tinktur.

Dictadura de la tintura

Los líricos de la cantante son una fiesta.
Su rimas son un manifiesto anti-romántico.

La lírica de la cantante es como un té de menta
y más profundo que un escote del vestido.

El lema de la cantante
está escrito con tinta negra encima de su tetas:

Dictadura de la tintura.

Die große Liebe

(unfassbar surreal für die Geistesverfassung)

Ich habe keine Tätowierung
mit deinem Namen, aber

deine Augen, dein Lächeln, deine Augenfalten,
deine Ohren, deine Lachgrübchen, dein Hören,
dein Ansehen, dein Geschmack, deine Wiedersehensküsse,
deine Haare wie ein roter Faden, dein Höllenfeuer,
deine Haut weißer als Strandsand, deine Berührungen,
deine Blicke, dein Respekt, dein Temperament

und ebenso unvergesslich
dein staunender, natürlicher Schmollmund,
wenn er wie das Meer offen stand,
bis du es verwundert bemerkt hast,
deine Lippen der Brandung einzogst,
um deine perlweißen Zähnen zu verbergen
und im Anschluss verlegen auf deine Unterlippe zu beißen.

All das und noch viel mehr
hat sich in meine Hirnrinde eingebrannt,
wartend auf ein cover-up und reload
meines Lebens und einer neuen großen Liebe.

El grande amor

(totalmente surrealista para la mente)

No tengo tatuaje
de tu nombre, pero

tus ojos, tu sonrisa, tus arrugas en los ojos,
tus orejas, tus pozos de risa, tus entrevistas,
tu honra, tu sabor, tus besos hasta la vista,
tu pelo rojo como las venas, tu fuego del invierno,
tu piel mas blanca que la arena de playa, tus toques,
tus miradas, tu respeto, tu temperamento

e igualmente inolvidable
tu boca como apertura del mar
cuando estaba asombrado abierto
hasta que tu te diste cuenta
y te retiraste como la resaca
para esconder tus dientes blancos como perlas
y morderte tímido en el labio inferior.

Todo eso y mucho más
se quemó en mi mente, ambiente y corteza,
esperando a un cover-up y reload
de mi vida y un nuevo gran amor.

Schrecklich schön-schräge Bilderwelt

Weltschieflage mit Wasserwaage,
nicht mehr ins Lot
zu schieben diese Not
aus dem, was man braucht und da ist.

Dieses schmerzende Van Gogh-Selbstporträt.
Dieser irritierende Picasso-Guernica-Zustand.
Diese tropfende Dalí-Spiegelung im Bad.
Dieser verletzliche Newton-nackt-Akt-Fakt.

Diese unendliche Le Corbusier-Bustour.
Ständig nur durch die eigene Wohnmaschine.
Ständig online im Netz.
Ständig offline im Herz.

Imágenes terriblemente maravillosas

Mundo desequilibrado,
en la escala de nivel
pesando sin equilibrio
la necesidad y lo que falta.

En mi doloroso autorretrato como Van Gogh.
En mi estado irritado como la Guernica de Picasso.
En mi espejismo goteando en el baño como Dalí.
En mi desnudez vulnerable casi como un acto de Newton.

Me siento como en un infinito Le Corbusier-tour de bus.
Todo el rato solo viajando en mi máquina residencial.
Todo el rato online conectado.
Todo el rato offline con mi corazón.

Gedankenstrom

Ich denke, Anekdoten
über Tote
sollten diese
nicht neu erfinden.

Ich denke, Noten
außer in der Musik
sind überbetont
und überflüssig.

Ich finde, Gedanken,
die unter Strom stehen
und Richtung Meer fließen,
sind über alle Maßen erfrischend.

Corriente de pensamientos

Pienso que anécdotas
sobre muertos
no deben a ellos
inventarlos de nuevo.

Pienso que notas
aparte de la música
son exageradas
y superfluas.

Pienso que pensamientos
que están con corriente
y fluyen hacia el mar
son más allá de toda medida refrescante.

Herzaromen

Der Topos ist das Herz
mit seiner atopischen Hülle,
die bombardiert von der Fülle
in der Pfanne zischt wie ein Kuss.

Es existiert nicht ein utopischer Erguss
ohne genussvollen Stuss,
unabhängig davon, wie sehr man
die Pfanne mit Liebesströmen erhitzt.

Aroma de corazón

El tópico es el corazón
con su atópico cascarón
que bomdardea con sus acompañamientos
silba en el sartén como un beso.

No existe ningún tiro utópico
sin sabrosa tontería
independiente de como apasionas
el sartén con electricidad de amor.

Neigungsvolle Nähe

Ich habe keinen Kopfschmerz empfunden,
sondern etwas anderes gefunden.
Vielleicht eine Art neugieriger Eifersucht
aus liebevoller Zuneigung.

Ich habe keine Ahnung,
wie man sich richtig hineinsteigert
in *nah, näher, Liebe*
und frage mich, ob Heiraten
die mutigste Form von Nähe ist?

Cercanía inclinada

No sentí dolor de cabeza
sino algo diferente.
Quizás una manera de curiosidad celosía
lleno de afectos cariñosos.

No tengo ni idea
cómo se inclina justo
a *cerca, más cercano, amor*
y me pregunto si el casamiento
¿es la forma más valiente de cercanía?

Bereit für Meer

In schwarzen Augen
spiegelt sich die Verwegenheit der Liebe.
In ihren blauen Augen
spiegelt sich der Sommerhimmel.
Aber in beiden zeigt sich der Widerschein
des göttlichen und transparenten Meeres.

Meine grünbraunen Augen
sind Wellenbrecher in der Schwarzseherei,
die glänzen, wenn ich in dunkelblauer Nacht tanze
und ihre Liebe sehe, trotz grauem Hamburger Himmel.

Ich bin bereit für mehr,
hoffend auf Nachsicht
gegenüber dem Erblinden an den Erinnerungen,
die schwimmen im offenen
und sich unentwegt neu füllenden Meer.

Listo para mar, amar

Los ojos oscuros
reflejan el atrevido del amor.
Los ojos azules de ella
reflejan el cielo de verano.
Pero en los dos se muestra la refulgencia
del mar divinamente y transparente.

Mis ojos verde marrón
son rompeolas dentro el pesimismo
que brillan bailando en la noche
o mirando a ti, aun el cielo es gris.

Estoy listo para amar más,
esperando indulgencia
a riesgo de quedar ciego de las memorias
que flotan en el mar abierto
rellenándose nuevamente una y otra vez.

Abbild ohne Vorbild

Mit einer Selbstverständlichkeit,
die Ketten sprengt.

Mit einer Natürlichkeit,
die Unschuld in den Schatten stellt,

trittst du aus der Masse,
um darin nicht unterzugehen.

Mit einer Unwissenheit,
die herzzerreißend ist.

Mit einer Wucht,
die jede Wut übersteigt,

sehe ich dich als Wellenbrecher verschwinden
im Meer der Fernsehbilder.

Modelo sin ejemplo

Con una evidencia
que rompe cadenas.

Con una naturalidad
que deja atrás la inocencia como sombra

te levantas dentro la multitud
para no hundirte en ella.

Con una ignorancia
que rompe corazones.

Con un ímpetu
que sobrepasa la ira

te veo como rompeola desaparacer
en el mar de las imágenes de la televisión.

Astronomie deines Seins

Du bist ein Feuerwerkskörper.
Eine Milchstraße zum Espresso.
Ein Meerbeben vom Kaliber
Sinn-Tinnitus zum Ladenschluss.

Deine Liebe ist gründlicher
als die Müllabfuhr der Nacht.
Dein Geist ist mächtig erwacht
und bewacht mein Morgengrauen.

Deine Seele ist tiefe See.
Deine Gegenwart ist frei
von vermittelbarer Stille.
Deine Wellen sind Sinusströme.

Du bist der Kosinus der Liebe.
Dein Hautton ist philosophisch.
Dein Alphabet entstand aus Sehnsucht.
Du bist die Sucht, die ich suchte.

Astronomía de tu ser

Tu eres como los fuegos artificiales.
Eres la Vía Láctea hacia un café exprés.
Eres un maremoto del calibre
zumbio de sentido en la hora de cierre.

Tu amor es más cuidadoso
que la recogida de basuras en la noche.
Tu espíritu es despierto poderoso
y protege el amanecer de mi ser.

Tu alma es un mar profundo.
Tu presencia es libre
de silencio mediable.
Tu olas son corrientes sinusales.

Tu eres el coseno de amor.
El color de tu piel es filosófico.
Tu alfabeto nació de deseo.
Tu eres la adicción que busqué.

V. Brauchen wir immer Meer?

¿Necesitamos siempre mar?

Sinn und Sinnlichkeit

Die inneren Werte zählen.
Aber wie alle aufzählen,
ohne sich zu verzählen
oder falsch zu gewichten?

Meine inneren Werte zerspringen
in unentzifferbare Scherben
ohne deine Innigkeit,
ohne deine Sinnlichkeit.

74

Sentido y sensualidad

Los valores de adentro cuentan,
pero cómo contarlos todos
sin olvidar uno
o pesar la influencia mal?

Mis valores de adentro quiebran
en indecifrables añicos
sin tu intimidad,
sin tu sensualidad.

Demut, weit entfernt von Unmut

Ruhe bewahren.
Liebe bewahren.
Man weiß nie,
was für was gut ist.

Humildad muy lejos de disgusto

Mantener tranquilidad.
Mantener amor.
Uno nunca sabe
qué sirve para qué.

Intensivstation Liebe

Du bist meine Krankenschwester,
ohne eine zu brauchen,
oder reicht es,
dass ich rauche,

über den Durst hinaus trinke,
mir die Welt nicht Wurst ist,
mich dieser Wahnsinn auffrisst,
ich überall List und Gnadenfristen sehe?

Du bist meine Krankenschwester,

aber ist meine Politik-Bulimie heilbar
durch Herzausschütten und Herzauskotzen bei dir?
Auf jeden Fall: Danke für das Kopf halten,

den Kopf danach waschen,
mich an die Hand nehmen,
zum offenen Fenster führen
und im Bett sinnig und innig verführen.

Ambulancia de amor

Tu eres mi enfermera
sin necesitar una,
¿o alcanza
que fumo,

que tomo sobre la sed
y que el mundo no me da igual
y que esa locura me está comiendo
y que veo en todo trucos y un período de gracia?

Tu eres mi enfermera,
¿pero se puede curar mi bulimia política
con vomitar y derramar mi corazón?
En todo caso gracias

por soportar mi cabeza, mis caprichos,
sujetar mi mano,
llevarme a la ventana abierta
y llenar nuestra cama con tu arte de seducción.

Jenseits von Jura

Ich suche Reife,
und vielleicht suchen wir sie alle
in der einen oder anderen Weise.

Ich versuche, in der Unreife,
in all ihren Formen und Farben,
einen Übergangszustand zu sehen.

Ich untersuche die Reife
kurz vor ihrem Kippen in Endgültigkeit,
kurz vor ihrem Untergang in Gleichgültigkeit
und sehr kurz vor ihrer Haltbarkeit
hin zu etwas nicht mehr Haltbarem.

Ich besuche die Unreife
im Spannungsfeld von Unschuld
und juristischem Endzustand,
im Minenfeld von Geschmacksfrage
und emotionalem Endpunkt.

Ich untersuche in der Unreife
die Opportunität hin zu Wachstum,
und mit allumfassendem Wahlrecht
suche ich in mir und allen, allem die Perfektion
als utopischen Reifegrad.

Allende de la ley

Busco madurez
y quizás todos la buscamos
de una o otra manera.

Trato de ver en la inmadurez
en todas sus formas y colores
un estado de transición.

Investigo la madurez
poco antes de su inclinación al definitivo,
poco antes de su hundimiento al indiferente
y muy poco antes de su durabilidad,
perdiendo el poder de ser más duro.

Visito a la inmadurez
en el campo de tensión e inocencia
cerca al punto jurídico final
en el campo de minas y la cuestión de gusto
cerca del punto emocional final.

Examino en la inmadurez
la oportunidad de desarrollo
y con un amplio derecho de voto
busco en mi y todos, todo la perfección
como nivel de madurez utópico.

Meer-Luft

Die Bäume
sind unsere Lunge.
Die Meere
sind unsere Zunge.

Die Wälder
erzeugen Sauerstoff.
Die Meere
erzeugen Sehnsucht.

Wir brauchen beides,

um zu leben,
um zu reden,
um zu überleben.

Aire de mar

Los árboles
son nuestros pulmones.
El mar
es nuestra lengua.

Los bosques
producen aire.
El mar
produce anhelo.

Necesitamos las dos cosas
para vivir,
para hablar,
para sobrevivir.

Reifeprüfung

In mir reift
ein weinseliges Geheimnis,
gezogen aus Trauben,
vergoren zu Liebessaft.

In vino veritas
entsteht mein Bekenntnis:
Das Besäufnis ist keine Heilung
und Liebe ist vor allem Verständnis.

Degustación de madurez

En mi madura
un secreto tintoso,
sacado de uvas,
convertido en un jugo de amor.

En vino veritas
nace mi confesión:
La tranca no es una cura
y amor es sobre todo comprensión.

Mangelhaft

Wo liegt das Mögliche
und wo das Unmögliche?

Und liegt möglicherweise
nur im Mangel

die Weisheit,
den Mangel auch zu erkennen?

La falta

¿Qué es lo posible
y qué es lo imposible?

¿Y es posiblemente así
que sólo dentro de la falta

se encuentra la sabiduría
de ver la falta?

Beziehungsweisend

An der Art & Gründlichkeit,
mit der ich meine Wohnung aufräume & putze,
merke ich,
wie sehr ich eine Frau mag
beziehungsweise liebe.

Relacionado

En el modo y la minuciosidad
con que ordeno y limpio mi apartamento
noto,
cuánto ya quiero a una mujer
respectivamente la amo.

Reichtum

Ich trinke vergnügt
am Elbstrand Astra.

Denke an all die Menschen & Che.
Denke an Corona & Hasta la victoria siempre*.

Darüber hinaus frage ich mich: Wer gewinnt,
wenn einer die Lust verliert?

Ich liebe die Lust und versuche alles,
um nicht in ihren Schatten aus Frust zu geraten.

Ich fahre fort, die Hafenkräne zu beobachten
und am nächsten Morgen

kräht mich der Wasserhahn
wieder aus meinen Träumen.

*Immer bis zum Sieg – ein Ausspruch von Che Guevara.

Ganancia

Disfruto tomar
cerveza en la playa de Hamburgo.

Pienso en toda la gente y el Che.
Pienso en corona y hasta la victoria siempre.

Ademas me pregunto: ¿Quién gana
si uno pierde las ganas?

Amo el deseo y trato todo
para no ser atrapado de su sombra de frustración.

Sigo observando las grúas portuarias
y en el amanacer del día siguiente

el kikeriki del grifo
me despierta de nuevo de mis sueños.

VI. Reif und verwegen

Maduro y atrevido

Signo de estrella

No soy un santo,
soy en Santiago en el exilio,
sagitario en civil,
ascendente desconocido.

El amor me busca
como una prueba
sin previo aviso,
ascendente anticipación.

Mi rostro sería un monstruo

si el amor no te hubiera cegado.
Santiago es un incendio,
mi amor siempre gotea sangre.

Tengo un pie atrevido,
leyenda completa
inclinado de literatura
que se atreve al más allá del ombligo.

Sternzeichen

Ich bin kein Heiliger,
bin im Exil in Santiago,
ein Schütze in zivil,
Aszendent unbekannt.

Die Liebe sucht mich
als Heimsuchung
ohne Vorankündigung,
Aszendent Vorfreude.

Mein Gesicht wäre ein Monster,
hätte die Liebe dich nicht blind gemacht.
Santiago ist meine Glut,
meine Liebe tropft immer voll Blut.

Ich habe einen verwegenen Fuß
totale Legende,
geschient von Literatur,
die sich über den Bauchnabel hinauswagt.

Corridas con el viento

Antes no veía problemas
en cada esquina
debajo piedras
dentro casas.
Esos fueron los tiempos
de rodear como rascacielos,
de correr con el viento,
de estar libre como el viento,
feliz, solo buscando el amor,
viviendo los sueños,
vibrando de juventud.
90 Pero hoy viernes
la mitad de una vida después,
aun recuerdo como si fuera ayer,
despacito por los piedras
como consejo para la vida,
para la corrida hacia felicidad
con fortuna en los brazos,
con menos en las manos
que en la cabeza
y con la resistencia de corazón
que viene con respeto,
les digo a los jóvenes de hoy,
les digo a los viejos de antes:
No tiene sentido
correr lento contra el viento.

Rennen mit dem Wind

Früher sah ich keine Probleme
an jeder Ecke,
unter Steinen,
in Häusern.
Das waren die Zeiten
der Dehnungen hin zu Wolkenkratzern,
dem Rennen mit dem Wind,
frei wie der Wind,
fröhlich allein aufgrund der Suche nach Liebe,
die Träume lebend,
vor Jugend bebend.
Aber heute, Freitag,
ein halbes Leben später,
erinnere ich noch, als sei es gestern gewesen,
langsam über die Steine
als Ratschlag für das Leben,
für das Rennen zur Fröhlichkeit,
mit Glück in den Armen,
mit weniger in den Händen
als im Kopf
und mit Widerstand, der von Herzen kommt,
der mit Respekt einhergeht,
sage ich der Jugend von heute,
sage ich den Alten von damals:
Es macht keinen Sinn,
langsam gegen den Wind anzurennen.

Yo vivo, respiro

Vivo para soñar.
Vivo para imaginar.
Vivo respirando, espirando.

Vivo para sentir y sonreir.
Vivo para realizarme sin herramientas.
Vivo para experimentar con la existencia.

Vivo con la naturaleza o con los restos de las fiestas.
Vivo del medio ambiente, del supermercado.
Vivo en un cambio de cultura, en un mundo artificial.

Vivo con tiempo prestado.
Vivo con expansión de las temporadas.
Sufro del cambio climático, cada dia distinto.

Espero que nada sea vano y todo fuere perdonado.
Vivo para amar, amo para vivir.
Vivo un expansivo sueño, respiro.

Ich lebe, atme

Ich lebe, um zu träumen.
Mir etwas zu erträumen.
Ich lebe atmend, ein und aus.

Ich lebe, um zu fühlen und zu lachen.
Ich lebe für Erfüllung ohne künstliche Kühlung.
Ich lebe, um zu experimentieren mit dem Existieren.

Ich lebe mit der Natur oder dem Rest vom Fest.
Ich lebe von meiner Umwelt, dem Supermarkt.
Ich lebe in einem Kulturwandel, in einer Kunstwelt.

Ich lebe mit geborgten Sorgen für ein sorgenfreies Morgen.
Ich erlebe und vererbe expandierende Jahreszeiten.
Ich leide unter dem Klimawandel, jeden Tag anders.

Ich hoffe, nichts ist vergeblich und allen wird vergeben.
Ich lebe, um zu lieben, liebe um zu leben.
Ich lebe einen ausgedehnten Traum, ich atme.

El fantasma del cambio

Saco el fatal
de la falta.

Rebusco la falta
como fuente de la fantasía.

Encuentro tu vestido blanco
y me lo pongo.

Der Geist des Wandels

Ich nehme dem Mangel
das Mangelhafte.

Ich durchsuche den Mangel
als die Quelle von Phantasie.

Ich entdecke dein weißes Kleid
und ziehe es mir an.

La mañana después

No lamento el amor,
sino la futilidad,
su finitud en la mañana
después de las noches sin preocupación.

Me afirmo que mañana
me voy a preocupar
de encontrar un nuevo amor
que espera su amanecer.

No soy tímido en transiciones,
esperándote en el pasado mañana.

Der Morgen danach

Ich bereue nicht die Liebe,
sondern ihre Vergeblichkeit.
Ihre Endlichkeit am Morgen
nach Nächten ohne Sorgen.

Ich beteure mir, morgen
werde ich dafür sorgen,
eine neue Liebe zu entdecken,
die wartet auf ihr Erwecken.

Ich scheue keine Übergänge,
wartend auf dich im Übermorgen.

Soledad

Soledad es tu nombre,
y al contrario del significado de tu nombre
mis ojos nunca te vieron triste o sola,
por eso tu nombre hoy día significa *estar sin ti.*

Soledad, la edad de la soledad,
actualmente no conoce vejez,
sólo aerosol que me conduce
hacia una vida sin ti y tu belleza.

Soledad, dentro de ti está el sol y la edad,

te comparto en sonrisa y la Edad Media,
rezando para ser finalmente astuto de edad
por si acaso esa edad existe.

Soledad, te deseo en todos mis caminos sin parar,
recordandonos jóvenes sin límites.
¿Cuándo por fin llegará un fin para eso?
¿Cuándo seré deslumbrado con nuevo amor de nuevo?

Soledad, dame libertad
de mi antigua identidad y mi temporada de frío
y dóname un nuevo sol
para que mi edad brille nuevamente.

Einsamkeit

Soledad ist dein Name
und auch wenn dies Einsamkeit bedeutet,
sahen meine Augen dich nie traurig oder allein,
und so steht dein Name nunmehr für das Sein ohne Dich.

Soledad, das Zeitalter der Einsamkeit,
kennt noch kein genaues Alter,
nur Aerosole, die mich treiben
in mein Alleinsein ohne Dich.

Soledad, in dir steckt die Sonne und das Alter.
El sol y la edad, Sonnenschein und Mittelalter,
und so bete ich für Altersweisheit
für den Fall, dass diese Zeit existiert.

Soledad, ich begehre dich unentwegt.
Ich erinnere uns uneingeschränkt jung.
Wann wird das endlich enden?
Wann wird neue Liebe mich wieder blenden?

Soledad, befreie mich
von meinem Alter Ego und der kalten Jahreszeit
und schenke mir eine neue Sonne,
damit mein Zeitalter wieder neu erstrahlt.

Libertad y seguridad

No pongas promesas en la mesa
o a propósito pregúntame
si quiero menta o mentiras,
hablando del futuro.

Vivir una relación distante
hace confundir a veces
profundidad con la complejidad
que hace ese amor complejo total.

Tu amas tu patria como yo
amo la lengua y su vocabulario.
Y aunque mi madre es chilena,
mi lengua materna es alemán.

Todos buscamos seguridad
y libertad al mismo tiempo,
así que es la culpa de nadie
que no nos vimos suviciente.

Como busco de nuevo el intercambio
de amor y libertad, me doy cuenta:
leer me da ánimo y dignidad,
y eso busco también en el amor.

Freiheit und Sicherheit

Stell keine Versprechen auf den Tisch
oder andersherum frag mich,
ob ich Minztee oder Lügen will,
während wir über die Zukunft sprechen.

Eine Fernbeziehung zu leben
lässt einen manchmal Tiefgang
mit Kompliziertheit verwechseln,
was diese Liebe sehr komplex macht.

Du liebst deine Heimat wie ich,
die Sprache und ihren Wortschatz.
Aber trotz meiner chilenischen Mutter
ist Deutsch meine Muttersprache.

Wir suchen alle Sicherheit
und Freiheit zur gleichen Zeit.
Es ist also niemandes Schuld,
dass wir uns nicht genug waren.

Da ich erneut den Austausch suche
zwischen Liebe und Freiheit, wird mir bewusst:
Lesen gibt mir Seelenkraft und Würde
und das suche ich auch in der Liebe.

Ella es la sensación

Ella es decisiva.
Ella me dice, amor
no debe ser defensivo
y aun no debe ser definido.

Como poeta le respondo
que todo es amor
incluso yo, como huevón
y Poesía es acercamiento.

Ella está de acuerdo
y sin más intentos de definición
me pide disculpas de antemano
por amar como una culebra.

Sie ist eine Gefühlssensation

Sie entscheidet.
Sie sagt, Liebe
darf nicht defensiv sein
und auch nicht definiert.

Ich antworte ihr als Poet:
Alles ist Liebe
inklusive mir – Digger
und Poesie ist Annäherung.

Sie ist einverstanden,
und ohne weitere Definitionsversuche
bittet sie mich im Voraus um Verzeihung,
weil sie liebt wie eine Schlange.

Manteca de mi vida

Me emborracho en mi vinoteca.
Me ahogo chocante en la biblioteca de mi memoria.
Me hundo soñando en la videoteca de mis imágenes.
Añado con testimonios extraños de otros testigos oculares.

Enriquecido con mis estupendos fracasos
de divina confusión
del logrado y del solo pensado,
del medio realizado y de la enseñanza surreal.

Estoy peleado con el poder

y trasnochado caigo en la medianoche
que guarda el don del amor
y los inmortales instintos.

Los cuales, como arena en una máquina,
no dejan de animales
que jamás se pueden liberar,
sino solo pierden peso.

A favor de una nueva configuración
que revela una impresión valiente,
en la cual, ojalá, el amor se atrapa de nuevo
y desembaraza una siguente expresión.

Butterschmalz meines Lebens

Ich betrinke mich in meiner Vinothek.
Ich ertrinke in der Bibliothek meiner Erinnerungen.
Ich versinke träumend in der Videothek meiner Bilder,
angereichert mit Zeugnissen fremder Augenzeugen.

Ergänzend zu meinen glänzenden Versäumnissen
aus göttlichen Wirrnissen
von Vollbrachtem und nur Erdachtem,
von halb Realisiertem und surreal Erlerntem.

Ich bin verkracht mit der Macht
und umnachtet gekracht in die Mitternacht,
die den Totem der Liebe bewacht
und die nie sterbenden Triebe.

Die als Sand im Getriebe
nicht ablassen vom Tiere,
welches in uns niemals verblasst,
sondern nur abwirft seinen Ballast

zugunsten einer upgegradeten Gestalt,
die einen neuen mutigen Eindruck offenbart,
auf dass sich die Liebe bald wieder verfängt
und einen weiteren Ausdruck gebiert.

Madur@ y atrevid@

Salvaje me encuentro en el desastre
y canto rimas arrojadas.
Soy atrevido, pero no tanto
para aprovecharme seco de cada oportunidad.

Mis piernas admiran el peligro.
Mis manos se atreven a todo.
Soy una cabeza dura, listo para correr contra la pared.
Solo la moral de amar podría ser traje de salvavida.

Mi cuerpo abandonado recuerda eternamente

la luna llena de tus ojos.
Sin ti soy solito en la oscuridad, tu eres el sol.

Parezco a paisaje de cráter
por culpa de tus uñas afiladas sobre mi carne madura.
¿Mi Diosa, porque eres tan dura?

Reif und verwegen

Wild finde ich mich wieder in der Katastrophe
und singe Strophen voll Wagemut.
Ich bin verwegen und doch nicht so sehr,
um jede Gelegenheit unverblümt auszunutzen.

Meine Füße liebäugeln mit der Gefahr.
Meine Hände wagen sich alles.
Ich bin ein Dickkopf, bereit, gegen die Wand zu rennen.
Einzig die Moral der Liebe könnte eine Rettungsweste sein.

Mein verwaister Körper erinnert immerwährend
den Vollmond deiner Augen.
Ohne dich bin allein in der Dunkelheit,
du bist mein Sonnenschein.

Ich gleiche einer Kraterlandschaft
wegen deiner Krallen auf meinem reifen Fleisch.
Meine Göttin, warum bist du so kratzbürstig?

VII. Gen Süden, nochmal Meer

Hacia el sur, otra vez mar

Tierra natal y vértigo

Mi tierra natal se estira
en montaña y costa
y desde largo me lastima
el pasado y el futuro.

En el presente camino medroso
en una costa con corriente hacia el sur
sobre una cordillera meditabunda
con una conciencia contaminada.

Peligro en el botón de mis ojos.

Vértigo en el borde de mis orejas.
Con amor maternal a bordo sigo
y conduzco a mi aeronave por el arrecife.

Muttererde und Höhenangst

Meine Muttererde zieht sich
als Berge und Küsten dahin
und seit Langem zerreißen mich
Vergangenheit und Zukunft.

In der Gegenwart bange ich entlang
einer Küste mit Strömung gen Süden
auf einem tiefsinnigen Gebirgszug
mit meinem verschmutztem Gewissen.

Gefahr in den Knopfaugen.
Angst am Abgrund meiner Ohren.
Mit Mutterliebe an Bord steige ich weiter
und steure mich Luftschiff durch das Riff.

Afuera espera la libertad

Si veo un palo,
pienso en el malo
que me golpeó
y de la madera de que fui tallado.

Si veo árboles,
pienso en el bueno, genial y verde
que me da fuerza
para madurar gentil en mi interior.

Si veo una casa de madera
me pregunto qué libre somos
y cuánta destrucción está
en todas las construcciones.

Draußen wartet die Freiheit

Wenn ich einen Stock sehe,
denke ich an das Schlechte,
das mich getroffen hat
und an das Holz, aus dem ich geschnitzt bin.

Wenn ich Bäume sehe,
denke ich an das Gute, Geniale und Grüne,
das mir Kraft gegeben hat,
damit innere Schönheit sanft reifen konnte.

Wenn ich ein Holzhaus sehe,
frag ich mich, wie frei wir sind
und wie viel Destruktion
in jeder Konstruktion steckt?

Cadenas que queman

Los bares de Valpo,
los playas de Viña,
todo fresco,
todo franco,
lo único peligroso:
andar con Adorno
o Christo en el cuello,
pero no por los gypsis,
que malo solamente pensar así,
porque el problema es la quemadura,
obviamente del sol,
si calienta
el oro,
la obra de plata,
las cadenas,
tu collar
u otros símbolos de estatus
que nos dejan asombrados.

Ketten, die brennen

Die Bars in Valparaíso,
die Strände in Viña del Mar,
alles frisch,
alles fröhlich-frech,
das einzig Gefährliche
ist, Schmuck zu tragen
oder Christus um den Hals,
aber nicht wegen den Zigeunern,
wie böse, so etwas allein zu denken,
aber das Problem sind die Verbrennungen,
natürlich von der Sonne,
wenn sich das Gold erhitzt,
das Silberhandwerk,
die Ketten,
deine Anhängsel
oder sonstige Statussymbole,
die uns staunen lassen.

Rodeo

Gatos en Valparaíso,
gauchos en Viña del Mar,
tanta gente, tantos organismos
en todas partes,
comiendo pescado
como queque,
tomando sol,
tomando cerveza,
tomando lugares
como flores,
y no te piensas diferente,
todos somos gatos,
todos somos gauchos,
sólo el amor es un caballo salvaje.

Rodeo

Katzen in Valparaíso,
Cowboys in Viña del Mar.
Überall sehe ich Lebewesen
Fisch essen,
als sei es Kuchen,
Sonne tanken,
Bier tanken
und Orte nehmen,
als seien es Blumen,
und denk nicht, du bist anders,
wir alle sind Katzen,
wir alle sind Cowboys,
einzig die Liebe ist ein wildes Pferd.

Las playas se parecen a demasiado

Todos se acercan atrevidos
a la playa y se toman espacio.

Esta playa parece virgen
con demasiado pintalabios.

Esta playa parece un cura
vestido en la locura de una persona
que está perdiendo su creencia.

Esta playa parece una madre

con mucho niños parecidos.

Esta playa parece un padre
con muchos amoríos con la naturaleza.

Esta playa parece una santa
en peligro de perder su virginidad.

Die Strände gleichen sehr vielem

Alle machen sich ran an den Strand
und machen sich verwegen breit.

Dieser Strand gleicht einer Jungfrau,
die zu viel Lippenstift trägt.

Dieser Strand gleicht einem Priester
bekleidet mit der Verrücktheit von einem,
der dabei ist, seinen Glauben zu verlieren.

Dieser Strand gleicht einer Mutter
mit vielen ähnlichen Kindern.

Dieser Strand gleicht einem Vater
mit vielen unehelichen Kindern.

Dieser Strand gleicht einer Heiligen,
die mit ihrer Jungfräulichkeit ringt.

Una y otra vez mar

Beso a la costa
y duermo con el mar.

Fumo un cigarrillo
y me uno con la playa.

Redescubro en la resaca un orgasmo
y me acurruco en la arena.

Otra vez beso la costa
y acabo en el mar eterno.

Ein ums andere Mal Meer

Ich küsse die Küste
und schlafe mit dem Meer.

Ich rauche eine Zigarette
und werde eins mit dem Strand.

Wieder entdecke ich in der Brandung einen Orgasmus
und kuschle mit dem Sand.

Ich küsse die Küste erneut
und ende im unendlichen Meer.

Tomé, simbólico

La costera Tomé es simbólica para el significado
que es más chica que nuestra imagen de ella.
Mi retrato es pintoresco como una espina
de un pescado fresco en una mesa de madera
ahogada sin abogado en vino blanco.

Tomé es una oda a la sencillez
incluyendo un canto de cancelación al vacío.
Tomé es como la vida misma una etapa de viaje
y yo paso sin cesar a ese pueblito en mis caminos,
ida y vuelta de mi herida abierta Dichato.

Tomé, sinnbildlich

Der Küstenort Tomé ist sinnbildlich für den Sinn,
der kleiner ist als das Bild, das man davon hat.
Mein Abbild vom Sinn ist pittoresk wie die Gräten
von einem frischen Fisch auf einem hölzernen Tisch,
ertrunken ohne Anwalt in Weißwein.

Tomé ist eine Ode an die Einfachheit
inklusive eines Abgesangs auf das Öde.
Tomé ist wie das Leben selbst ein Reiseabschnitt,
und immerzu passiere ich dieses Kaff auf dem Weg
hin und weg von meiner klaffenden Wunde Dichato.

Dichato, la patria de mi anhelo

Cuando en el Río Elba de mi Hamburgo
domina emocionalmente la marea baja,
son las ondas de Dichato
que anhelante me suben el ánimo.

Me acuerdo de Fidipaldi esperando en la sala de juego
y su sed más grande que su suerte.
Me acuerdo de Peluca con rulos debajo su gorra de béisbol
y su pelo más largo que fideos.

Me acuerdo del primer beso con Patricia en la playa de noche

y el amanacer de un ímpetu sin un impacto final.
Me acuerdo de José Luis como el rey de las navajas
y las ricas empanadas de Rosa.

Me acuerdo de los botes de los pescadores encima del mar
como peces voladores con esperanza melancólica.
Me acuerdo de la resaca como un secreto de la luna
y del mar como un cuaderno de un amor lacónico.

A veces duelen esos recuerdos del pasado
como un Cóctel Molotov con Pisco Sour,
agua de cepillo de dientes y los clavos de mis pecados.
Pero sin duda esos anhelos no los quiero olvidar jamás.

Dichato, die Heimat meiner Sehnsucht

Wenn an meiner Hamburger Elbe
mal wieder emotionale Ebbe vorherrscht,
ist es die Flut von Dichato,
die mir sehnsuchtsvoll Mut einflößt.

Ich erinnere Fidipaldi wartend an der Spielhalle
mit einem Durst größer als sein Spielglück.
Ich erinnere Peluca mit Locken unter seinem Baseballcap
und Haaren länger als Spaghetti.

Ich erinnere den ersten Kuss mit Patricia am Strand bei Nacht
und das Erwachen eines Aufbruchs ohne endgültigen Aufschlag.
Ich erinnere José Luis als einen König mit Schwertmuscheln
und Rosas leckere Teigtaschen mit Meeresfrüchten.

Ich erinnere die Fischerboote auf dem Meer
als wehmütig ruhende Fliegenfische.
Ich erinnere den Meeressog als Geheimnis des Mondes
und das Meer als Logbuch einer lakonischen Liebe.

Diese Erinnerungen schmerzen manchmal
wie ein Molotowcocktail aus Pisco Sour,
Zahnputzwasser und den Nägeln meiner Sünden.
Aber vergessen will ich diese Sehnsüchte niemals.

Dignidad, cuento de hadas

Busco mi identidad,
¿pero es normalidad
la clave justa
frente a la diversidad?

El mundo está lleno de alusiones,
¿pero cuál es nuestra responsabilidad?
¿Y cuál es nuestra respuesta a la miseria
del ser humano y la naturaleza?

Todo tiene dignidad y un alma.

Todo tiene pulsación y ramificaciones.
¿Pero cuántos árboles son un bosque?

¿Y cómo nace un bosque de cuento de hadas?
¿O cuánta ficción está dentro de la identificación?
¿Y cuánta dignidad está en la identidad?

Würde, märchenhaft

Ich suche meine Identität,
aber ist Normalität
der richtige Schlüssel
im Angesicht von Diversität?

Die Welt ist voller Anzüglichkeiten,
aber was ist unsere Verantwortung?
Und unsere Antwort bezüglich
der Verelendung von Mensch und Natur?

Alles hat Würde und eine Seele.
Alles hat Triebe und Verästelungen.
Aber wie viele Bäume sind ein Wald?

Und wie entsteht ein Märchenwald?
Oder wie viel Fiktion steckt in der Identifikation?
Und wie viel Würde versteckt sich unter
der Bürde unserer Identität?

VIII. Südlich des Biobío

Austral del Río Biobío

Patio

Sirven sueños
en el patio del deseo.

Ofrecen amor fresco
para las almas del desierto.

El secreto, dice el chef, es
que los sueños
siempre tienen que ser calientes.

Su patio está en la sobra de Dios.
Sus paltos siempre están llenos de sol.

Hinterhof

Sie servieren Träume
im Hinterhof des Begehrens.

Sie offerieren frische Liebe
für alle Seelen aus der Wüste.

Das Geheimnis, sagt der Chef, ist,
dass die Träume
immer heiß sein müssen.

Sein Hinterhof liegt im Schatten Gottes.
Seine Teller sind immer voll mit Sonne.

Atracción

Eres magnético
y encima mágico
tu interior me atrae.

Me desnudas
con tus pensamientos
y puedes ver más en mi

que un boludo de amor.
Estás explorando el marco
y explotas en mi vida.

Anziehung

Du bist magnetisch
und ebenso magisch.
Dein Innerstes zieht mich an.

Du machst mich nackt
mit deinen Gedanken
und siehst mehr in mir

als einen Idioten aus Liebe.
Du sprengst den Rahmen
und dich in mein Leben.

Mi vida como buzo

Busco la sal en tu boca
y me siento como un buzo
que anda con una bolsa rota
en busca de palabras nuevas,
sacando una perla de la concha
como testigo clave del mar fecundo.

Bailo debajo del agua
y me siento envuelto grave
como en una iglesia de la Madre Santa
donde no paran de rezar
por paraguas.

Busco la ingravidez
y me siento como un burro
que anda detrás de su musa
y no sabe qué perdió en el mar,
pero sabe que encontró algo.

Mein Leben als Taucher

Ich suche das Salz in deinem Mund
und fühle mich wie ein Taucher,
der wandelt mit einer altbackenen Tasche
auf der Suche nach neuen Wortschöpfungen.
Ich entnehme einer Muschel ihre Perle
als Kronzeuge der Meeresfruchtbarkeit.

Ich tanze unter dem Wasser
und fühle mich schwerwiegend eingewickelt
wie in einer Kirche der Heiligen Mutter,
wo sie nie aufhören zu beten
für Regenschirme.

Ich suche die Schwerelosigkeit
und fühle mich wie ein Esel,
der seiner Muse hinterherläuft
und nicht weiß, was er im Meer verloren hat,
aber weiß, er hat etwas gefunden.

Gaviotas y las almas de los marineros

Gaviotas son los cuervos del mar
que narran de las almas de los marineros
en marcha con la marea
y todavía flotan
entre las olas,
entre las nubes
y el puerto del matrimonio
que espera el honor
de regalar paz a ellos
entre las piernas de la naturaleza
que se levantan como montañas
de su tierra fértil
y el dominio paterno
donde la patria fue para ellos
solo una hamaca
que escaparon
con velas ondeando
y la esperanza llena de confianza
de encontrar piernas en una parte
que les regalan calma de alma
y un nuevo sentido, una nueva sensación de patria
con más profundidad y más acogedora.

Möwen und die Seelen der Seefahrer

Möwen sind die Krähen des Meeres
und künden von Seefahrer-Seelen,
die aufbrachen in die Gezeiten
und noch immer treiben
zwischen den Wellen,
zwischen den Wolken
und dem Hafen der Ehe,
der wartet auf die Ehre,
ihnen Frieden zu schenken
zwischen den Schenkeln der Natur,
die sich wie Berge erheben
aus ihre Muttererde
und der Dominanz ihres Vaterlandes,
in dem die Heimat für sie
nur eine Hängematte war,
aus der sie flohen
mit wehenden Segeln
und der Hoffnung, voll Vertrauen
irgendwo Schenkel zu finden,
die ihnen Seelenruhe schenken
und ein neues, tiefgreifenderes Heimatgefühl.

The world first

El mundo aumenta.
El mundo va hacer del mar
luego una sala de vivir.

Tal vez es para reír,
pensar en los niños
ya jugando a los piratas como locos.

Pero cuál es la cura para la locura
pensando en los océanos
ya capturados por estados,

aún no unidos en un buen vivir
luchan todos por *yo primero*
lo que convierte al *mundo en último*.

The world first

Die Welt vermehrt sich.
Die Welt wird das Meer
bald zu einem Lebensraum machen.

Vielleicht zum Lachen,
an die Kinder denkend,
die bereits heute wie verrückt Piraten spielen.

Aber was ist die Heilung für Verrücktheit,
an die Weltmeere denkend,
die bereits von Staaten vereinnahmt sind,

die noch nicht vereint sind im Guten
und noch immer kämpfen für „ich zuerst",
mit der Konsequenz: „Die Welt zuletzt".

Mapuche, gente de la tierra

La amistad aparece y desaparece a veces,
¿y en qué manera está dependiente de la hora?

La amistad ilumina y oscurece cosas,
¿y cuánta sangre de indígena fluye en su venas?

La amistad muestra y oculta cosas,
¿y cuán libre es cara a cara?

Existen muchas maneras de saludar e ignorar,
y los Mapuche, el pueplo indígina de mi Pachamama,

es al mismo tiempo abierto y reservado.

En su luengua Mapudungun, *mapu* es *tierra*
y *che* significa *gente*. Visto históricamente, los Mapuches
están invictos contra los conquistadores españoles
que los rechazaron hasta el Rio Biobío en el sur.

Austral de esta antigua frontera todavía vive
la mayoría que hasta hoy se ven como Mapuche,
hoy en día luchando con la modernidad que amenaza
a su género de vivir, su inherencia con la naturaleza,
sus raízes y su lengua materna.

Su saludo *mari mari* significa: *Diez dedos te saludan*
o *Diez manos diez veces te dan la bienvenida.*

La amistad busca y se esconde.
¿Y cuántas veces te ha encontrado?

Mapuche, Menschen der Erde

Die Zuneigung erscheint und erlischt manchmal,
und inwiefern ist sie abhängig von der Uhrzeit?

Die Zuneigung erleuchtet und verdunkelt manches,
und inwieweit fließt Ureinwohnerblut durch ihre Adern?

Die Zuneigung zeigt und verschweigt manches,
und wie frei ist sie von Angesicht zu Angesicht?

Es existieren viele Möglichkeiten, sich zu grüßen oder
zu ignorieren, und die Mapuche, das indigene Volk Chiles,
ist gleichermaßen offenherzig wie verschlossen.

In ihrer Sprache Mapudungun steht *mapu* für Erde
und *che* für Mensch. Historisch sind die Mapuche unbesiegt
im Kampf gegen die spanischen Eroberer, die sie zurück-
drängten bis zum Fluss Biobío im Süden von Chile.

Südlich dieser alten Grenze leben bis heute die meisten,
die sich noch als Mapuche sehen, nun ringend mit
der Moderne, die ihre Lebensweise, ihre Natur-
verbundenheit und ihre Muttersprache bedroht.

Ihre Begrüßung *mari mari* steht für *Zehn Finger grüßen dich*
oder auch für *Zehn mal zehn Hände heißen dich willkommen.*

Die Zuneigung sucht und versteckt sich,
und wie oft hat sie dich schon gefunden?

Auxilio para el paraíso

Soy turista en todas partes
no siendo nacionalista,
pero esa tragedia vuela lejos
con mi exilio en el País del Condor.

Mi ancestros
fueron águilas.
Mi presente
está lleno de buitres.

Debajo de mis axilas

vive la angustia
que los demás me ven
como un flamenco

por mi lengua artificial,
íntima como tango.
Así que por favor reconozcan, acepten
que soy un pajarito del paraíso.

Hilfe für das Paradies

Ich bin überall ein Tourist
als Nicht-Nationalist,
aber diese Tragik verfliegt
in meinem Exil, dem Land des Condors.

Meine Vorfahren
waren Adler.
Meine Gegenwart
ist voller Aasgeier.

Unter meinen Achseln
wohnt die Beklemmung.
Die anderen halten mich
für einen Flamingo

wegen meiner gestelzten Sprache
intim wie der Tango.
Also bitte erkenne, anerkenne:
Ich bin ein Paradiesvogel.

Disponible, muéstrate

Estoy disponible para el amor.
Estoy listo para el amor, para amar.
Estoy listo para inventar el amor y a mi de nuevo.
Estoy listo para sentir y escuchar nuevamente.

Y si me pregunta por una lista
de lo que debe tener mi cariño,
te contesto: sobre todo amor,
un montón o lo máximo posible.

Dedicado a mis primas Paula y Claudia Escobar

Verfügbar, zeig dich

Ich bin verfügbar für die Liebe.
Ich bin bereit für die Liebe, bereit zu lieben.
Ich bin bereit, die Liebe und mich
neu zu erfinden, neu zu empfinden.

Und wenn du fragst nach einer Liste,
was mein Schatz alles haben sollte,
antworte ich: vor allem Liebe,
eine Menge oder so viel als möglich.

Gewidmet meinen Cousinen Paula und Claudia Escobar

Devoción

Dedicado a un montón
de otoño hasta el dolor.
No puede ser siempre primavera
¿o pueden los sentimentos de primavera
quedarse para siempre?

Les mostré mis deseos
y ahora deseo que todos luchen
para sus propios deseos
para que no terminen en el museo,
¿o dónde debería terminar la devoción?

Al mismo tiempo les deseo
que se cumplan todos los deseos.
Pero con devoción infinita.

Hingabe

Gewidmet sehr vielem,
vom Herbst bis zum Schmerz,
es kann nicht immer Frühling sein.
Oder können Frühlingsgefühle
für immer bleiben?

Ich habe euch meine Begierden gezeigt
und nun wünsche ich euch:
Kämpft um euer Begehren,
damit dieses nicht im Museum landet,
oder wo sollte die Hingabe enden?

Gleichzeitig wünsche ich euch
die Erfüllung all eurer Wünsche,
aber mit unendlicher Hingabe.

Floración de hielo

Ojo a ojo
algunas cosas son chaladas.

Ojo por ojo
saco el diente palpitante.

Pétalo por pétalo
maduran nuevos afectos vistosos.

Pétalo a pétalo
trasplanta nueva alegría de vivir.

Gota por gota
crece del frío

escarcha.

Eisblüte

Auge in Auge
wirkt manches übergeschnappt.

Auge um Auge
ziehe ich den pochenden Zahn.

Blüttenblatt um Blüttenblatt
reift neue Farbenfreude.

Blütenblatt an Blüttenblatt
verpflanzt sich neue Lebensfreude.

Tropfen um Tropfen
erwächst aus der Kälte

Raureif.

IX. Epilog, Blutgedichte

Epílogo, poemas de sangre

Blutspende

Ich schenke einen letzten Tropfen Blut
dem Feuer unserer gemeinsamen Liebe.
Es zischt, aber die Glut erlischt nicht.

Donación de sangre

Regalo una última gota de mi sangre
al fuego de nuestro amor.
Silba, pero el fervor no sisea finalmente.

Blutslinie

Mein Mut entspringt dem Wein,
aber die Wut, trotz allem zu lieben,
kommt vom Blut meiner Mutter.

Línea de sangre

Mi coraje viene de vino y sangría,
pero mi furia de amar sobre todo
viene de la sangre de mi madre.

Blutgruppe A positiv

Liebe ist etwas Krankhaftes,
aber ich könnte zumindest
deine Rettung sein.

Sangre tipo A positivo

El amor es algo enfermo,
pero yo por los menos
puedo ser tu salvación.

Blutkörper

Die Welt leidet unter einem Virus
und ich finde keine Antikörper
für deine Liebe, für deinen Körper.

Sangre llena de amor

El mundo está sufriendo de un virus
y yo no encuentro anticuerpos
para tu amor, para tu cuerpo.

Blutorgie

Mein Leben war oft ein Fest,
und jetzt offenbart sich soft der Test,
ob der Rest auch Sinn macht.

Sangre festejada

Mi vida fue en gran parte una fiesta
y ahora se revela la pequeña prueba
si el resto también tiene sentido.

Blutsfreiheit

Schau, wie treu und schlau:
Das Meer kommt und geht,
ohne zu vergehen.

Sangre de libertad

Mira el mar fiel e inteligente –
viene, se va y vuelve
sin pasar.

Blutsbrüder

Wir sind sehr enge Freunde
und als er sein Messer zückte,
berührte mich das tief.

Hermanos de sangre

Somos amigos íntimos
y cuando sacó su cuchillo
lo sentí profundo.

Blutsbande

Es soll ein Band geben, das alles verbindet.
Ich vermute den Ursprung in Feuerland.
Mit Verbandszeug mach ich mich los.

Sangre de asociación

Se supone que existe un cinta que conecta todo.
Adivino su origen en la Tierra del Fuego.
Con vendajes me pongo en camino.

Blut-Erweiterung

Es gibt Fortschritte in der Technik,
aber vielleicht keine in der Poesie,
da sie eine Annäherung ist ans Meer.

Sangre avancada

Hay avances en técnicas,
pero quizás no en la poesía
porque es un acercamiento al mar.

Blutsfeuer

Nichts ist unmöglich
und vielleicht ist Feuerland
verwegener als die Liebe.

Sangre de fuego

Nada es imposible
y quizas la Tierra del Fuego
es más atrevida que el amor.

Matthias Santiago Staehle

1975 in Esslingen geboren, aufgewachsen in Neuhausen. Chilenische Mutter, deutscher Vater, zweisprachig. 2005 Diplom mit * der Hochschule für bildende Künste Hamburg. 2007 Premiere von *Mikrofan* (Spielfilm, 80 min., www.mikrofan.de) bei den Hofer Filmtagen und im Anschluss bundesweiter Kinostart. 2008 Drehbuchförderung der Filmförderung Hamburg, Dietze Stipendium für einen Dokumentarfilm über die chilenischen Ureinwohner *Mapuche* (Mapuche – People of Earth, 80 min., 2008-2018, www.meerfilm.com). Zahlreiche Filmfestivalteilnahmen, Ausstellungen, sowie Lesungen. 2016 Staatliche Anerkennung als sozialpädagogischer Assistent. 2019 Gewinner des *Polly-Preis für politische Lyrik*. Veröffentlichungen in Magazinen und Anthologien, u.a. in Mein heimliches Auge – Jahrbuch der Erotik (2021 und 2022). Mitglied der Galerie Genscher – Trägerverein Marktstraße e.V. (Hamburg) und des Kunstvereins Neuhausen auf den Fildern.

Nació 1975 en Esslingen, creció en Neuhausen. Madre chilena, padre alemán, bilingüe. 2005 Diploma de la Universidad de Bellas Artes de Hamburgo. 2007 Estreno de *Mikrofan* (largometraje, 80 min., www.mikrofan.de) en el Festival de Cine de Hof y seguidamente en cines a nivel nacional. 2008 Guion financiado por la Filmförderung Hamburg, beca Dietze para un documental sobre el pueblo indígena chileno *Mapuche* (Mapuche – Gente de la Tierra, 80 min., 2008-2018, www.meerfilm.com). Numerosas participaciones en muchos festivales de cine, exposiciones y lecturas. 2016 Reconocimiento estatal como Asistente Socioeducativo. 2019 Ganador del Polly-Prize de Poesía Política. Publicaciones en revistas y antologías. Miembro de la Galería Genscher (Hamburgo) y de la Asociación de Arte Neuhausen (en el sur).

www.santiagostaehle.de

Inhalt

V. Brauchen wir immer Meer? – ¿Necesitamos simpre mar?

VI. Reif und verwegen – Madur@ y atrevid@

VII. Gen Süden, nochmal Meer – Hacia el sur, otra vez mar

VIII. Südlich des Biobío – Austral del Río Biobío

IX. Epilog, Blutgedichte 1-10 / Epílogo, poemas de sangre 1-10

Der Autor – El autor

Foto: Jochen Schneider

EDITION avanti